Die Brille

Wilhelm Busch

Des Mittags, als es zwölfe war,
Setzt sich zu Tisch der Herr Aktuar.

Er schaut bedenklich, ernst und stille,
Die Suppe an durch seine Brille.

Und durch die Brille, scharf und klar,
Entdeckt er gleich ein langes Haar.

»Nun!« sprach die Frau »das kann wohl mal passieren!
Hast du mich lieb, so wird's dich nicht genieren!«

Er aber kehrt sich schleunigst um
Und holt die Flasche, die voll Rum.

Er trinkt und ist so sehr verstockt,
Daß selbst die Wurst ihn nicht verlockt.

»Ach!« denkt die Frau, »wie wird das enden!«
Und sucht die Flasche zu entwenden.

Doch hierin kennt er keinen Spaß:
»Gleich stell' sie her! Sonst gibt es was!«

Und schon ergreift er mit der Hand
Den Stock, der in der Ecke stand.

Die Frau versucht zu fliehn; indes
Der Hakenstock verhindert es.

Ein Schlag, gar wohlgezielt und tüchtig,
Trifft und zerbricht die Flasche richtig.

Nun nimmt die Frau die Sache krumm
Und kehrt sich zur Attacke um.

Sie hat die Brill' und freut sich sehr,
Der Mann steht da und sieht nichts mehr.

Er tappt herum als blinder Mann,
Ob er den Feind nicht finden kann.

Und tappt in seiner blinden Wut
Autsch! an des Ofens heiße Glut.

Er dreht sich um und allbereits
Brennt ihn der Ofen anderseits.

Nun aber wird die Wut erst groß
Was es auch sei er haut drauf los.

Die Suppenschüssel, Wurst und Glas
Wird ruiniert, der Hund wird naß.

Und Frau und Hund entfliehn; doch er
Fällt mit dem Stuhl schnell hinterher.

Voll Eifer will er nach, und ach!
Rennt an die Tür mit großem Krach.

Nun ist's zu Ende mit dem Rasen;
Das rote Blut rinnt aus der Nasen.

Und demutsvoll und flehentlich
Bemüht er um die Brille sich.

Er nimmt mit Freud' und Dankgefühl
Die Brille von dem Besenstiel.

So triumphiert das brave Weib.
Die Wurst hat Tapp, der Hund, im Leib.